Ellin leikit

Eija Paatero

Ellin leikit

Kustantaja: BoD – Books on Demand GmbH, Helsinki, Suomi
Valmistaja: BoD – Books on Demand GmbH, Norderstedt, Saksa

ISBN: 978-952-339-253-3

Sisällys

Ellin leikit mökillä 7

Ellin leikit pihalla 19

Ellin leikit talvella 33

Ellin joulu 47

Ellin leikit mökillä

Lauantai

"Ihanaa", Elli huudahti avatessaan auton oven. He olivat vihdoin perillä omalla mökillä.

Koska oli lämmin päivä, Elli etsi matkalaukustaan uimapuvun, puki sen ylleen ja juoksi rantaan.

"Menen uimaan!" Elli huusi juostessaan.

Elli astui veteen. Se tuntui hieman viileältä. Elli odotteli hetken, jotta jalat tottuisivat. Sitten hän pulahti veteen, ui hieman koiraa ja lopulta sukelsi.

"Onpa vesi ihanan lämmintä", Elli huokaisi. Hän kuvitteli olevansa pieni delfiini, joka uiskenteli ja sukelteli meressä.

Äiti harjasi kalliolta männynneulasia.

"Äiti, miten kellutaan?"

"Heittäydyt vaan selällesi siihen veteen, niin se kelluttaa. Tosin toisilta se onnistuu, toisilta ei. Varo kuitenkin, ettei pääsi uppoa veteen."

Elli mietti hetken. Uskoisiko hän äitiä? Hänhän vasta harjoitteli selällään uimista. Hän päätti silti uskaltaa kokeilla kellumista.

Hän heittäytyi varovasti selälleen veteen ja kas, hän tosiaan kellui hetken aikaa.

"Äiti, äiti, katso minua. Osaan kellua", Elli sanoi ja heittäytyi uudelleen veteen. Äiti vilkaisi häntä ja jäi hämmästyneenä tuijottamaan. Elli tosiaan kellui!

Sunnuntai

Sunnuntai oli pilvinen päivä. Elli kuljeskeli mökkitietä pitkin. Pienet iloisen väriset kukat kiinnittivät hänen huomionsa. Silloin hän sen keksi.

Hän poimi apilankukan ja piti sitä nukkenaan. Se oli tyttö nimeltä Apila. Sitten hän taittoi niittyleinikin sille kaveriksi ja nimesi sen Leiniksi.

Elli juoksi takaisin mökin pihalle. Hän etsi kiviä ja rajasi niillä hiekasta talon Apilalle ja Leinille. Männynkävyn hän asetti uuniksi ja mustikanlehdet olivat leipäsiä. Puun palasista hän teki sohvan ja pöydän. Kaarnanpalasista hän teki sängyt ja patjaksi hän asetti hieman sammalta.

Hän seikkaili Apilan ja Leinin kanssa lähimetsässä. Kukkatytöt saivat kiivetä ylös pitkin jyrkkää kivenreunaa, juosta pitkin sammalta ja piiloutua kivenkoloon suuren haukan ilmaantuessa näkyviin.

Kun Elli lopetti leikkinsä, hän peitteli Apilan ja Leinin sänkyihinsä koivunlehtien alle.

Maanantai

Maanantaina Elli leikki hiekkarannalla. Hänellä oli mukanaan pikkueläimiä ja veneitä.

"Isä, miksi tässä ihan lähellä ei ole minkäänlaista saarta?" Elli kysyi.

"Vai ei ole saarta? Tehdään sellainen", sanoi isä.

Isä haki muutamia kiviä, asetti ne veteen lähelle rantaa. Sitten hän kasasi Ellin kanssa kivien päälle hiekkaa. He asettelivat vielä puun palasia sinne ja tänne. Niin he tekivät saaren.

Elli kuljetti eläimet saareen veneillä. Pieni

kissa rääkäisi kovaan ääneen, kun se tipahti kyydistä. Toiset eläimet pelastivat sen nopeasti.

Saarella eläimet kuljeksivat joka puolella ja etsivät kukin itselleen mieluisan paikan. Jääkarhu tahtoi varjoon, kun taas leijona etsi itselleen aurinkoisen paikan.

Lopulta eläimet halusivat takaisin rannalle veneiden kyydissä. Hirvi uskaltautui uimaan ja hevonen seurasi perässä.

Ohiajavan moottoriveneen nostattamat aallot pyyhkäisivät saaren yli ja irrottivat siitä hiekkaa. Onneksi kaikki eläimet olivat ehtineet turvaan.

Tiistai

Tiistaina isä ehdotti:

"Mentäisiinkö tänään ihan oikeaan

saareen?"

"Joo ja paistetaan siellä lettuja", sanoi äiti.

"Missä se saari on?" kysyi Elli.

"Se on yksi noista kolmesta saaresta tuolla niemennokalla", vastasi isä. "Ota uimapuku mukaan."

Elli pisti uimapuvun ja pyyhkeen muovikassiin, vaikka tuskin hän minkään oudon saaren rannassa uimaan ryhtyisi. Sitten hän puki pelastusliivin ylleen ja juoksi veneelle.

Isä souti, äiti piteli sylissään lettutaikinakulhoa ja Elli uitti kaislankortta veneen laidan yli ja kuvitteli onkivansa.

Saaressa puut olivat matalia ja järveä näkyi joka puolella. Elli kuvitteli heidän olevan haaksirikkoisia autiolla saarella. Äiti sytytti puut nuotiopaikalla ja valmistautui letunpaistoon. Isä kierteli saarta Ellin kanssa.

"Tulepa tänne Elli. Katso, mikä tuossa on",

isä sanoi Ellille.

"Ooh!" Elli henkäisi.

Saaren kalliorannassa oli iso syvänne, johon aallot puskivat välillä vettä. Se oli kuin pieni kallioinen uima-allas.

"Hae uimapukusi, niin voit mennä polskimaan. Siinä on yleensä lämmintä vettä."

Isä oli oikeassa. Kun Elli astui veteen, se oli tosi lämmintä. Hän istui veteen ja antoi veden peittää jalkansa. Sitten hän kieriskeli vedessä ja kastoi hiuksensakin. Hän liikkui hitaasti ja kuvitteli olevansa kilpikonna.

Jonkin ajan kuluttua äiti kutsui Ellin lettuja syömään. Elli nousi vedestä, kietoi pyyhkeen ylleen ja haki lettulautasen äidiltään. Maukkaampia lettuja ei Elli ollut aiemmin syönyt.

Keskiviikko

Keskiviikkona satoi. Elli kuunteli sateen ropinaa katolla ja katseli, kuinka sadepisarat rummuttivat järven pintaa.

"Äiti, onko minulla täällä sadevarusteita?" Elli kysyi.

"On toki. Tuolla naulakossa on kurahousut ja sadetakki."

"Ja kumpparini ovat tuon tuolin alla."

Niin Elli pukeutui sadevarusteisiinsa, astui ulos sateeseen ja antoi pisaroiden rummuttaa sadetakkiaan.

Hän meni ensimmäisen näkemänsä lätäkön luo, hyppäsi siihen ja vesi roiskui! Hetken aikaa hän hyppeli lätäkössä. Sitten hän otti juosten vauhtia ja hyppäsi lätäkköön vauhdilla. Vesi roiskui entistä enemmän.

Elli huomasi pieniä puroja. Hän haki lapion ja alkoi kaivaa purojen uomia leveämmiksi, jotta vesi pääsisi virtaamaan hyvin. Hän yhdisteli puroja ja toisaalla hän patosi niitä. Sateen loppumisen hän huomasi vasta, kun puroissa virtaava vesi väheni.

Torstai

Torstaiaamuna Elli halusi piirtää. Hän pyysi äitiään istumaan mallina. Tarkkaan harkiten hän piirsi ja väritti muotokuvan äidistään.
"No, se on ihan näköinen", äiti tuumasi iloisena kuvaa katsoessaan. "Silmälaseista minut tunnistaa heti. Haluaisitko seuraavaksi piirtää jotakin kertakäyttölautaseen, vaikka hymyilevän auringon?"
"Joo. Tuo kuulostaa kivalta", Elli sanoi ja otti äitinsä tarjoaman valkoisen kertakäyttölautasen. Pian siinä loisti iloinen aurinko.
"Haluaisin seuraavaksi maalata paperille

jotain vesiväreillä", Elli sanoi.

Hän kokeili rauhallisesti eri värejä ja maalasi ensin pelkkiä kauniita väripintoja. Sitten hän maalasi mansikoita ja mustikoita ja pieniä käpyjä.

"Äiti, saanhan pistää nämä seinälle, kun ne ovat kuivuneet?"

"Tottahan toki", äiti vastasi. "Hae vielä ulkoa jokin sileähkö kivi. Saat maalata siitä leppäkertun. Ota myös muutamia pieniä kiviä. Maalaa nekin ja sitten yhdistetään ne liimalla toukaksi."

Elli etsi innoissaan ulkoa sopivat kivet ja alkoi maalata niitä äidin kivimaaleilla.

"Sinun pitää antaa punaisen maalin kuivua. Vasta sitten voit tehdä leppäkertulle pilkut", äiti neuvoi.

Illalla Elli jo leikki uudella leppäkertullaan ja toukallaan.

Perjantai

Perjantaina isä yllätti Ellin.

"Tässä sinulle oksan pätkä. Piirrä sille kasvot tussilla, niin siinä sinulla on toinen toukka."

Elli teki niin ja pian hän leikki molemmilla toukillaan.

Kun hän kyllästyi leikkiinsä, hän meni isänsä luo.

"Isä, haluaisin esteet. Tekisitkö minulle sellaiset?"

"Esteet! No mikä ettei."

Isä alkoi nikkaroida Ellille esteitä ja Elli pyöri ympärillä.

"Naulaa siihen ainakin kolme tai neljä pidikettä tai enemmänkin niin, että voin nostaa estepuomit korkealle tai tehdä ristikkoesteen."

"Tehdään niin. Tehdään niin", isä vastasi.

Kun estepidikkeet olivat valmiit, isä haki vielä muutaman sopivan pituisen oksan estepuomeiksi.

"Kiitos isä! Nyt voin leikkiä olevani poni tai sitten kuvitella ratsastavani", Elli sanoi ja asetti kaksi estepuomia paikoilleen. Ensin hän ravasi. Sitten hän laukkasi ja lopulta ylitti esteen.

"Hurraa!" hän huusi itselleen.

Elli ylitti esteen vielä monta kertaa. Toisinaan hän asetti kolme puomia pidikkeisiin, toisinaan hän pisti puomit ristikkäin. Lopulta hän uskalsi asettaa puomit korkeimmalle eli viidennelle pidikkeelle. Muutaman epäonnistuneen yrityksen jälkeen hän onnistui senkin ylityksessä.

Sellaisia leikki Elli mökillä sinä kesänä.

Ellin leikit pihalla

Maanantai

Maanantaina alkoi kesäloman viimeinen viikko. Mökiltä oli tultu kotiin jo pari päivää aikaisemmin. Elli päätti mennä pihalle leikkimään jo heti aamulla.

Iiris ja Ilona olivat jo pihalla ja juoksivat Elliä vastaan.

"Hei, leikitään *Seuraa johtajaa* -leikkiä, ehdotti Iiris.

"Joo", sanoivat Elli ja Ilona yhtäaikaa.

Iiris halusi olla ensimmäisenä johtaja. Sitten oli Ellin vuoro. Elli hyppi yhdellä jalalla, käveli takaperin ja hyppi tasajalkaa. Lopulta Ilona sai olla johtaja.

Roni ja Petteri tulivat pihalle ja pyysivät tyttöjä mukaan leikkimään *Värikanaa*. Tytöt vilkaisivat toisiaan ja suostuivat.

Elli mietti lempivärejään keltaista, vaaleanpunaista ja sinistä, mutta kesti kauan ennen kuin jokin niistä sanottiin. Silloin Petteri sai Ellin nopeasti kiinni ja niin Elli pääsi värejä arvuuttelemaan.

"Sininen, kulta, musta", hän sanoi ja vain Ilona lähti juoksemaan. Elli sai hänet kiinni ja niin Ilonasta tuli seuraava kyselijä.

Kun leikkiä oli jonkin aikaa leikitty, Iiris ehdotti seuraavaksi leikiksi *Kirkonrottaa*. Niin alkoi piiloleikki. Tolpaksi, johon piti koskea löydettyjen nimiä huudettaessa, he valitsivat keskellä pihaa seisovan pihalampun. Elli oli hyvä piiloutuja, mutta kerran hänkin joutui etsijäksi. Silloin Roni ja Ilona ehtivät tolpalle ennen häntä, mutta muut hän löysi ja ehti tolpalle ennen heitä.

Kamala nälkä ajoi Ellin lopulta sisälle syömään.

Tiistai

Tiistaina Iiris tuli hakemaan Elliä ulos.

"Mitä tehtäisiin?" Elli kysyi.

"Piirretäänkö liiduilla?" ehdotti Iiris.

"Piirretään vaan", Elli vastasi.

Tytöt ottivat liituämpärin mukaansa ja menivät etupihan asfaltille piirtelemään. Ensin he piirtelivät kukkia ja eläimiä. Sitten Elli piirsi ympyrän, lohkoi sen osiin ja väritti osat eri väreillä. Iiriskin piirsi samanlaisen väriympyrän.

"Tehdäänkö niin, että minä piirrän

viivareitit ja niihin numerot ja sinun pitää vali-
ta jokin reitti ja numeroja seuraamalla pääset
perille?" Elli ehdotti.

Se sopi Iirikselle ja niin Elli piirsi pitkät
reitit, joiden varrelle hän pienin välimatkoin
piirsi ympyrän ja reitin numeron. Reitit oli teh-
ty kaikki samanvärisellä liidulla, joten Iiriksen
piti katsoa tarkkaan, että valitsi oikean reitin
risteyskohdissa.

"Piirretään monta ympyrää sisäkkäin ja
merkitään niihin pisteet", ehdotti Iiris seuraa-
vaksi. "Sitten heitetään kiviä ympyröihin ja se
voittaa, joka saa eniten pisteitä."

Elli etsi sopivat pienet kivet Iiriksen piir-
täessä ympyröitä.

Iiris oli taitava heittämään kiviä, mutta Elli
ei ollut.

"Äh. Minulta menee melkein aina ohi", Elli
sanoi harmistuneena.

"Sinun pitää vain harjoitella. Minä olen

leikkinyt tätä usein isoveljeni kanssa. Siksi tämä on minulle helppoa", Iiris sanoi ja heitti malliksi kiven melkein keskelle parhainta pistekenttää.

Elli harjoitteli ja lopulta kivet enimmäkseen osuivat ympyröihin.

Keskiviikko

Keskiviikkona Petteri ehdotti, että he leikkisivät urheilukilpailuja. Roni oli heti innoissaan mukana. Kun Iiris ja Ilonakin halusivat leikkiin mukaan, Ellikin suostui.

"Mietitäänpä ensin, mitä lajeja otetaan mukaan. Pitkän matkan juoksu ilman muuta. Kierretään C-taloa vaikka kolme kertaa", Petteri ehdotti.

"Ei kolmea. Yksi riittää", tytöt vaativat.

"Okei. Yhden kerran sitten. Pikajuoksu voisi

olla tästä hiekkalaatikolta tuonne pensas-aidalle", Petteri totesi.

"Täällä hiekkalaatikon lähellä voisimme hyppiä pituutta. Täällä on niin paljon hiekkaa maassa. Tässä on hyvä hyppiä", Roni ehdotti.

"Minä voin hakea pallon. Heitetään palloa kuulantyönnön sijaan", Elli ehdotti.

Lapset aloittivat pitkän matkan juoksulla. Talo oli niin nopeasti kierretty, että Roni ja Petteri juoksivat vielä toisenkin kierroksen, koska tulivat yhtäaikaa ensimmäisinä maaliin. Toisen kierroksen Petteri voitti. Tytöistä Elli voitti juuri ja juuri ennen Iiristä.

"Otetaan seuraavaksi pallonheitto," Roni ehdotti.

Roni heitti pallon kauas, mutta Ilonakin oli hyvä heittämään ja hän voitti kisan. Ellin heit-to epäonnistui, koska pallo karkasi hänen käsistään.

Seuraavaksi lapset asettuivat pikajuoksua

varten hiekkalaatikon eteen. Iiris ei halunnut osallistua, joten hän antoi lähtökäskyn:

"Paikoillanne, valmiina, nyt!"

Elli oli päättänyt juosta kaikin voimin ja hän olikin maalissa melkein yhtäaikaa Ronin kanssa. Petteri jäi heistä hieman ja Ilona tuli viimeiseksi.

Hengästyneinä lapset siirtyivät pituushyppypaikalle. Iiris aloitti ja hyppäsikin aika pitkälle. Elli jäi hänestä hieman. Roni ja Petteri voittivat Iiriksen, mutta lopulta Ilona hyppäsi kaikkein pisimmälle.

Torstai

Torstaina mummo tuli Ellin luo Ellin serkun Lillin kanssa. Lilli oli Elliä pari vuotta nuorempi. Ellistä Lillin kanssa oli kiva leikkiä, sillä tämä sanoi vain harvoin "ei" hänen ehdotuksilleen.

Lilli halusi puhaltaa saippuakuplia, mutta pian hän kyllästyi ja pyysi mummoa puhaltamaan.

Mummo puhalsi kuplia ja Lilli tanssi kuplien keskellä. Ellikin tuli mukaan tanssimaan. Sitten tytöt ottivat kuplia kiinni käsillään.

"Tuo iso on minun", huusi Lilli ja sai kuplan kiinni ennen kuin se osui maahan.

"Seuraava iso on sitten minulle", sanoi Elli. Pian hän saikin ison kuplansa. Hän seurasi sitä ja kosketti sitä vasta hetkeä ennen kuin se olisi törmännyt seinään.

"Tehdään kuplakaupunki", Elli ehdotti.

"Joo. Tehdään vaan", Lilli suostui.

Tytöt hakivat hiekkaämpäreillä vettä sisältä ja kastelivat sillä kuivan asvaltin, jotta kuplat pysyisivät siinä rikkoutumatta edes jonkin aikaa.

Elli puhalteli useita kuplia kaupunkiin. Lilli teki pienen kylän vähän matkan päähän Ellin kaupungista.

Kuplat loistivat maassa monin värein kunnes ne kaikki vähitellen hajosivat Ellin ja Lillin lopetettua leikkinsä.

Perjantai

Perjantainakin mummo ja Lilli tulivat Ellin luo. Tytöt keinuivat rengaskeinuissa ja miettivät mitä tekisivät.

"Kokkaillaan", ehdotti Lilli.

"Minä haen hiekkavälineet", sanoi Elli.

"Mennään leikkimökille."

Elli raahasi ison hiekkavälinekassin pihan yhteiselle leikkimökille. Elli otti kassista ämpärin ja täytti sen kostealla hiekalla. Hän paineli hiekan tarkasti ennen kuin kumosi ämpärin leikkimökin pöydälle. Siitä tulisi kakku. Hän haki pieniä kiviä ja kukkia ja koristeli kakun niillä.

Lilli teki pitsoja suoraan muovilautasille. Pohjan hän teki hiekasta. Kiviä, kukkia, ruohonkorsia, apilan lehtiä ja pieniä oksanpätkiä hän laittoi täytteeksi.

Sitten Elli haki sisältä ämpäriin vettä ja sekoitti keittoa. Lilli keräsi siihen voikukan lehtiä ja kukkia. Sitten he kumpikin vielä sekoittivat sitä vuorotellen.

Tytöt nauttivat ensin keiton, sitten pitsapalat ja lopuksi Lilli jakoi molemmille kakkua.

"Minulla on vielä yksi idea", Elli sanoi. "Odota."

Pian hän palasi mukanaan vaahteranlehtinyytit. Elli ojensi Lillille leikkikaramellin. Tytöt avasivat ne ja olivat herkuttelevinaan apilankukkakarkeilla.

Lauantai

Lauantaina Elli etsi laatikosta vesi-ilmapalloja ja pyysi äitiään täyttämään ne. Sitten hän meni ulos.

Hän piti vesi-ilmapalloja lemmikkeinään, teki niille ruohosta ja lehdistä pesän kiven vierelle. Hän etsi kukkia ja pikkukiviä niille ruoaksi. Hän piteli palloja varovasti, sillä hän tiesi niiden hajoavan helposti eikä hän halunnut menettää lemmikkejään heti.

Ilona tuli pihalle.

"Ai, sinulla on vesi-ilmapalloja. Mennäänkö hiekkalaatikolle tekemään niille ratoja?" hän ehdotti.

"Mennään vaan", Elli vastasi.

He hakivat lapiot ja alkoivat kasata hiekkaa ja kaivaa kapeita kujia, joita pitkin vesi-ilmapallot voisivat vieriä.

Leikki oli hauska. Vaikka yksi pallo särkyi

pian, muut kolme kestivät monta vieritystä. Lopulta nekin kuitenkin särkyivät.

"Haetaan meiltä pitkiä ja kapeita ilmapalloja ja pyydetään äitiä täyttämään ne vedellä. Sellaisia on kiva heitellä toiselta toiselle", Elli ehdotti.

Pian tytöillä oli käsissään painavat pitkulaiset vedellä täytetyt ilmapallot. Elli tahtoi aluksi leikkiä, että ne olivat heidän lemmikkikäärmeitään, mutta lopulta tytöt alkoivat heitellä niitä toisilleen.

Ilonalla ensin ollut ilmapallo putosi läiskäyttäen vettä heidän jaloilleen. Toista ilmapalloa he heittelivät varovasti, mutta lopulta sekin läjähti maahan kastellen heitä vielä lisää.

Sunnuntai

Sunnuntaiksi Elli, Iiris ja Ilona sopivat eväsretken. Kukin toi kotoaan haluamiaan herkkuja ja Elli otti mukaansa retkihuovan.

Yhdessä Ilonan kanssa Elli levitti retkihuovan ja sitten tytöt asettivat sille herkkunsa. Iiris oli saanut äidiltään muutaman palan kuivakakkua ja popcornit. Ilona toi suolakeksejä, kerroskeksejä ja pastilleja. Ellillä oli mukanaan viinirypäleitä, pähkinöitä ja rusinoita. Kullakin oli mukanaan oma vesipullonsa.

Tytöt nauttivat herkkujaan ja pohtivat keskenään, mitä tekisivät syötyään. Sitten Ilona keksi:

"Kiivetään puuhun."

Muut nyökkäilivät vastaukseksi. Kun viimeiset murut oli nielaistu, hörpyt vettä juotu ja xylitol-pastillit pistetty suuhun, tytöt ryntäsivät läheisen puun luo.

Ilona oli hetkessä oksalla istumassa, mutta Iiris ei meinannut päästä puuhun. Elli työnsi häntä takamuksesta ja lopulta Iiris pääsi kuin pääsikin puuhun.

Ilona ja Iiris väistivät, jotta Ellikin pääsisi puuhun.

"Tämä on meidän salamajamme", Elli sanoi.

"Niin, kukaan ei näe meitä lehtien takaa", Ilona sanoi.

"Mennään seuraavaksi kiipeilytelineelle", ehdotti Iiris jonkin ajan päästä.

Tytöt laskeutuivat puusta ja juoksivat kiipeilytelineelle. Siellä he kiipeilivät ja keikkuivat, leikkivät kiipparihippaa ja vain roikkuivat pitkän aikaa. Kesä oli ihanaa aikaa.

Sellaiset olivat Ellin leikit pihalla sen kesäviikon aikana.

Ellin leikit talvella

Maanantai

Oli jo joulukuun puoliväli, mutta lunta ei ollut vielä satanut. Elli katseli alakuloisena ikkunasta pimeälle pihalle.

Silloin ovikello soi.

Elli juoksi avaamaan. Oven takana oli naapurin Petteri.

"Tule ulos ja ota taskulamppu mukaan. Leikitään taskulamppuhippaa", Petteri ehdotti ja näytti lamppuaan.

"Okei", Elli sanoi, haki taskulamppunsa ja pukeutui ulkovaatteisiinsa ripeästi.

"Täällä on tosi pimeää", Elli sanoi Petterille ulkona. Muutamissa pihan lampuissa paloi valo, muut vain tököttivät pimeinä.

"Näytä sinä lampullasi valoa ja liikuta sitä maata pitkin. Minä yritän ottaa valon kiinni. Sitten tehdään toisin päin", Petteri selitti.

Elli liikutti lamppuaan vikkelästi, mutta oli hieman vaikeaa pitää valoa koko ajan maassa. Petteri sai lopulta valon kiinni ja oli hänen vuoronsa näyttää valoa.

Petteri ei itse malttanut noudattaa nimeämiään sääntöjä, vaan pani valon kiipeämään pitkin puun runkoa.

"Ei noin!" valitti Elli.

Kun Petteri seuraavan kerran nosti valon puun rungolle, Elli sai sen heti kiinni. Sitten lapset sammuttivat lamppunsa ja alkoivat katsella tähtiä. Vain osa niistä näkyi, sillä kaupungin valot valaisivat taivasta liikaa.

"Tuolla on Otava", Petteri tiesi ja osoitti kohti Otavan tähtikuviota.

"Tuo kirkas tähti tuolla on Pohjantähti", tiesi Elli.

Elli leikki vielä jonkin aikaa Petterin kanssa taskulampuilla ennen kuin meni takaisin kotiinsa.

Tiistai

Tiistaina lunta satoi ja satoi. Ensin hiutaleet peittivät maan. Sitten ne alkoivat kinostua. Muutaman tunnin kuluttua lunta oli jo paljon.

Elli iloitsi lumesta. Hän pyydysti kielelleen lumihiutaleita. Sitten hän heittäytyi lumihankeen selälleen ja teki lumienkelin.

Elli haki varastosta liukurin ja meni laskemaan mäkeä. Leikkipihan rinteessä lunta oli juuri sopivasti liukurilla laskemista varten. Elli laski mäen monta kertaa.

Sitten hän palasi etupihalle ja kolasi lunta lapiollaan. Iiris tuli paikalle:

"Hei. Tehdäänkö sikin sokin polkuja lumeen ja leikitään labyrinttihippaa? Voin käydä hakemassa Ilonankin mukaan."

Elli suostui ja aurasi polkuja pihalle. Iiris ja Ilona tulivat auttamaan häntä. Tytöt sopivat säännöistä:

"Polulta toiselle ei saa hypätä vaan pitää juosta käytäviä pitkin", Iiris sanoi.

"Vain tämä iso ympyrä on turva ja siellä saa olla vain yksi. Kun toinen tulee, on turvassa olevan lähdettävä ", Elli lisäsi.

"Saanko minäkin tulla mukaan?" kysyi juuri paikalle saapunut Petteri.

"Tule vaan. Tätä on kivempi leikkiä, kun on enemmän leikkijöitä", Elli sanoi.

Iiris halusi olla ensimmäinen hippa ja hän

sai Ilonan heti kiinni tämän juostessa umpi-
kujaan. Elli joutui lähtemään turvasta Iiriksen
juostessa sinne ja silloin Ilona sai hänet kiinni.
Petteriä oli vaikea saada kiinni, mutta lopulta
Elli onnistui siinäkin.

Sitten Ellin piti lähteä kotiin syömään ja
siihen loppuivat lumileikit sinä päivänä.

Keskiviikko

Keskiviikkona oli nuoskalunta. Pukeuduttuaan
lämpimiin talvivaatteisiinsa Elli pisti vielä talvi-
hanskat käsiinsä.

Ensin Elli pyöritti ison pallon tehdäkseen
lumiukon, mutta sen päälle oli niin kiva is-
tahtaa, että hän tekikin siitä itselleen valta-
istuimen. Selkänojan hän rakensi lumesta,
mutta ei tehnyt siitä kovin korkeaa.

Elli halusi kuitenkin myös lumiukon. Niin

hän pyöritti toisen ison pallon ja vielä pienemmän pallon sen päälle ja lopulta kaikkein pienimmän pallon lumiukolle pääksi.

Elli haki sisältä porkkanan nenäksi ja kaulaliinan lumiukolle kaulan ympäri kiedottavaksi. Pipon hän pisti lumiukolle hatuksi. Silmiksi hän pisti kivet ja suuksi kapean oksan pätkän. Elli ihaili lumiukkoaan. Se oli aika hassun näköinen pipo päässään, mutta se näytti myös ystävälliseltä ja tyytyväiseltä.

Sitten Elli pyöritteli pieniä palloja lumilyhdyksi. Siihen hän pyytäisi äidiltä illalla kynttilän.

Iiris käveli ohitse:

"Hei. Sinullahan on hieno lumiukko ja istuin ja vielä lumilyhtykin."

"Kiitos", Elli sanoi.

"Tehdäänkö yhdessä lumihevonen?" Iiris ehdotti.

"Tehdään vaan", Elli suostui.

Tytöt vierittivät kaksi suurta palloa toistensa lähelle ja muotoilivat niistä lisälumen avulla hevosen selän. He pistivät pienen harjan hevoselle hännäksi. Sitten he tekivät hevoselle lyhyen kaulan ja lumisen pään. Yhdessä he ratsastivat sillä maan ääriin ja takaisin.

Torstai

Torstaina Elli pisti sukset jalkaansa. Monojen etsimiseen oli mennyt hieman aikaa, mutta nyt Elli seisoi pihamaalla sukset jalassa.

Elli asetti sauvat käsiinsä ja lähti hiihtämään. Leikkipiha oli iso, joten siinä riitti hiihtomaastoa. Siellä oli ylämäkeä ja alamäkeä, jyrkkää mäkeä ja loivaa mäkeä ja tasaista maastoa myös.

Elli ei edes muistanut talvea, jolloin hän ei

olisi hiihtänyt. Hän oli jo pienenä saanut mummoltaan ensimmäiset sukset lahjaksi. Hän pysyikin hyvin pystyssä kaikki alamäet. Vain kerran hän tuiskahti pepulleen.

Siinä hiihdellessään Ellille muistui mieleen lasten hiihtokilpailut, joihin hän oli osallistunut edellisenä talvena. Äiti oli vienyt hänet kisoihin. Ensin he olivat jonottaneet kisanumeroa. Sitten heidän oli pitänyt odottaa oman kisan alkamista. Elli oli hieman haluttomasti nakerrellut eväitään odotusaikana.

Sitten oli Ellin ikäisten kisan aika. Elli asettui oikeaan jonoon omalle paikalleen ja odotti lähtövuoroaan.

Sitten hänet käskettiin lähtemään ja hän sivakoi reippaasti. Äiti kulki lyhyen matkaa hänen vierellään, mutta yksin hän kiersi ison urheilukentän latua pitkin hiihtäen.

Kun hän tuli maaliin, hänen kaulaansa pujotettiin mitali, kuten jokaiselle osallistujalle.

Mitali oli Ellillä tallessa omassa aarteiden arkussa. Joskus hän leikki urheilukilpailuja, pisti mitalin kaulaansa ja leikki voittajaa.

Hiihdeltyään sinä päivänä tarpeekseen Elli riisui sukset pois ja sauvakäveli hetken pihamaalla suksisauvat käsissään.

Perjantai

Perjantaina Elli muisti edellistalven leikin. Hän puki ylleen takin ja pipon, pisti kengät jalkaansa ja otti lapaset käsiinsä.

Hän otti sisältä mukaansa vadin ja ulkoa oman lumilapionsa. Hän etsi ulkona kohdan, jossa oli tallaamatonta lunta ja täytti vadin sillä. Sitten hän vei vadin sisälle ja pyysi äitiään tyhjentämään sen vessan pesualtaaseen. Sitten hän haki vielä toisen vadillisen lunta.

Elli riisui ulkovaatteet ja kengät pois ja haki huoneestaan pikkunuket.

Elli muotoili lumeen liukumäkiä ja vuoria, joilla nuket seikkailivat. Lisäksi hän muotoili pienen lumimajan. Nuket kirkuivat ilosta. Niillä oli talven paras päivä.

Lopulta Elli alkoi laskea vettä hanasta ja lumi alkoi sulaa nopeasti. Siitä muodostui vedessä seilaavia lumilauttoja, joilla nuket värjöttelivät. Kun alla oleva lautta alkoi hajota, nuket hyppäsivät suuremmalle lautalle.

Lopulta kaikki lumi oli sulanut. Elli kuivasi nukkensa pyyhkeellä ja vei ne takaisin paikoilleen.

Lauantai

Lauantaiksi Elli oli sopinut menevänsä luistelemaan Ilonan ja Iiriksen kanssa.

Hän kokeili jo kotona maton päällä edellisen talven luistimia jalkoihinsa, mutta eivät ne sopineet. Kun Elli oli saanut ahdettua ne jalkoihinsa, ne puristivat niin että sattui.

"Minulla on sinulle isommatkin luistimet", sanoi silloin äiti. "Ostin nämä viime kevättalvena kirpputorilta. Olisivatkohan ne nyt sinulle sopivat?"

Kyllä ne olivat. Kun Elli oli saanut ne villasukkien kanssa jalkoihinsa, hän tepasteli muutaman askeleen maton päällä.

Sitten Ilona ja Iiris tulivat hakemaan Elliä. Ellin ripeästi pukeuduttua he lähtivät luistelukentälle. Petteri ja Roni olivat siellä jo luistelemassa ja Jasmiina ja Jennikin olivat siellä.

"Hei. Ollaan *Kuka pelkää jäämiestä* -leikkiä", ehdotti Petteri.

"Millaista se on?" kysyi Ilona.

"Samankaltaista kuin *Kuka pelkää mustekalaa* -leikki. Yksi ottaa kiinni, kun toiset luistelevat kentän laidalta toiselle. Kiinni-jääneistä tulee uusia jäämiehiä. Voin olla ensimmäinen jäämies", sanoi Roni.

Niin alkoi vauhdikas leikki. Roni sai Ilonan pian kiinni, sillä tämä oli luistellut vain harvoin eikä siksi ollut vielä kovin taitava luistele-maan.

Jasmiinan ja Jennin he saivat pian kiinni, mutta Elli ja Petteri olivat tosi nopeita luistel-emaan. He osasivat kiertää kaukaa niin, että pääsivät kuin pääsivätkin toiselle puolelle kenttää.

Lopulta Roni sai Ellin kiinni. Yhdessä he piirittivät Petteriä ja saivat hänet kiinni.

Aikansa jäämiestä leikittyään tytöt kylläs-tyivät ja alkoivat harjoitella pyörähdyksiä ja takaperin luistelua. Elli yritti opettaa Ilonaa ja sen luistelukerran jälkeen Ilona olikin jo vähän taitavampi luistelija.

Sunnuntai

Kun Elli meni ulos sunnuntaina, Ilona oli jo aurauskasan päällä lunta taputtelemassa.

"Hei Ilona! Mitä sinä teet?" Elli huusi.

"Teen lumiportaita. Tule mukaan. Tehdään hieno linna tälle lumivuorelle", Ilona vastasi.

Elli kiipesi varovasti Ilonan lumiportaita pitkin lumikasan huipulle.

"Tästähän pääsee hyvin laskemaan mäkeä tuonne toiselle puolelle", Elli huomasi.

"Niin pääsee. Laskin siitä jo pari kertaa. Kokeile sinäkin", sanoi Ilona.

Mäki oli jyrkkä ja liukas ja Ellin naamalle tuiskahti lunta, kun jalat tömähtivät lumi-hankeen mäen juurella.

"Tehdään tälle lumivuorelle omat pienet kodit. Tämä on minun puoleni", ehdotti Ilona.

"Ja tämä minun", sanoi Elli ja valtasi itselleen lumivuoren toisen puolen.

Tytöt muotoilivat lumesta pöydät ja tuolit. Ilona teki itselleen lumisängynkin, mutta Ellille riitti mukava luminojatuoli kasan kupeessa.

"Minä teen tänne alas tyrmän. Sinä saat sitten pelastaa minut", Elli sanoi ja alkoi kasata lumipaakuista kehää.

"Miksi sinä olet tyrmässä?" Ilona kysyi.

"Minua syytettiin varkaaksi, vaikka en ollut varastanut mitään. Olen kaunis prinsessa ja joku kateellinen lavasti minut varkaaksi", Elli selitti.

"Minä pelastan sinut heti", Ilona sanoi ja meni räjäyttämään lumipaakkuihin aukon, josta Elli pääsi pakenemaan.

Sitten tytöt heittelivät lumipaakkuja. Ilonan heittämät paakut lensivät ensin pisimmälle, mutta lopulta Elli sai heitettyä yhden paakuistaan kaikkein kauimmaksi.

Sellaisia leikkejä leikki Elli sinä talvena.

Ellin joulu

Joulukalenteri

"Mitähän jouluista voisin tehdä?" kysyi Elli äidiltään eräänä marraskuisena sunnuntaina.

"Tee joulukalenteri. Voisit antaa sen vaikka Lillille", äiti vastasi.

"Niin, ehkä voisin tehdä sellaisen", Elli sanoi mietteliäänä.

Hän otti kaksi paperia, sakset ja liimapuikon.

"Miten minä oikein tekisin sen?" Elli kysyi

äidiltään tuumailtuaan hetken.

"Piirrä ensin kuva ja 24 luukkua. Sitten leikkaat luukut auki kolmelta sivulta. Sen jälkeen liimaat ensimmäisen arkin toisen arkin päälle. Sitten voit tehdä kuvat luukkujen sisälle. Lopuksi suljet luukut. Kiinnitä ne pienellä sinitarran palalla tai teipillä."

"Selvä. Ensiksi pitää siis miettiä, millaisen kuvan teen."

Elli mietti. Joulukuusi olisi kiva kansikuva. Sen hän osaisi tehdä. Porot olivat liian vaikeita eikä hän oikein osannut joulupukkiakaan piirtää.

Elli piirsi kuusen. Hän koristeli sen palloilla ja nauhoilla. Tähden hän piirsi latvaan ja kynttilöitä sinne tänne. Kuusen juurelle hän piirsi muutaman lahjapaketin. Kun hän oli värittänyt kuvan, hän piirsi luukut ja leikkasi ne auki.

Elli aloitti luukkuyllätysten piirtämisen

kuudennesta luukusta. Siihen piti tehdä Suomen lippu, koska se on Suomen itsenäisyyspäivä.

Sitten hän siirtyi takaisin ykkösluukkuun.

"Onhan minulla tarrojakin!" Elli muisti ja haki kaapista tarra-arkkinsa.

Elli katseli tarrojaan, otti yhden lumihiutaletarran ja kiinnitti sen ensimmäisen luukun taakse.

"Olisi niin kiva, kun lunta sataisi heti joulukuun alussa", Elli pohti.

Koska Elli piti pipareista, hän kiinnitti pipariukkotarran toisen luukun alle. Kolmanteen hän piirsi kissan, koska Lillillä oli kissa ja hän piti kissoista tosi paljon. Neljänteen hän piirsi poron. Sen sarvet näyttivät hassuilta sinne tänne tököttäviltä tikuilta. Viidennen luukun taakse hän kätki tähtitarran. Kuudes oli jo täytetty, mutta siitä hän sai idean ja teki seitsemänteen lyhyen lippunauhan, jossa oli Suomen, Ruotsin, Tanskan ja Japanin liput. Sitten hän löysi tarran, jossa oli piparkakkutalo, ja sen hän sijoitti kahdeksannen luukun taakse.

Yhdeksänteen hän piirsi leveästi hymyilevän lumiukon ja kymmenenteen tontun punaisissa vaatteissaan. Yhdenteentoista hän piirsi lumihiutaleita ja kahdenteentoista kolme pientä tähteä.

"Tähtitaivasta, lumisadetta ja pipareita ei joulukuussa koskaan voi olla liikaa", hän tuumi, "mutta jotain uutta pitäisi nyt kyllä keksiä."

Elli keksi joulukuusen, mutta sen hän halusi sijoittaa luukun 22 taakse. Joululahjat kuuluivat luukun 23 taakse ja joululapsi-tarran hän sijoitti luukun 24 alle.

Sitten hän muisti, että 13. päivä oli Lucian päivä. Kynttiläkruunu sopisi siis luukun 13 alle. Sitä oli vaikea tehdä, eikä Elli ollut täysin tyytyväinen lopputulokseen, mutta hän halusi jatkaa eteenpäin.

Hän tarkasteli tarrojaan ja huomasi arkin joulukukkatarroja. Hän sijoitti hyasintin luukun 14 taakse ja joulutähden luukun 15 taakse. Hän liimasi enkelitarran luukun 16 taakse ja sitten hän piirsi kynttilän luukun 17 taakse.

"Joulusukka", hän hihkaisi ja piirsi sellaisen luukun 18 kohdalle. Luukun 19 alle hän piirsi itse enkelin ja luukun 20 taakse hän piirsi nuotteja ilmaisemaan joululauluja. Luukun 21 taakse hän kirjoitti "Joulu on jo ovella."

Niin kaikki luukut oli täytetty. Elli otti palan sinitarraa ja sulki sen avulla luukut.

"Pistetään se postiin. Lillistä on varmasti hauska saada se postitse", äiti sanoi.

"Niin varmasti on", Elli myönteli sujauttaessaan joulukalenterin äidin tarjoamaan isoon kirjekuoreen.

He olivat oikeassa. Lilli oli innoissaan saadessaan Ellin tekemän joulukalenterin. Hän kiinnitti sen seinälleen ja kyseli yhtenään äidiltään:

"Milloin saan avata ensimmäisen luukun?"

Joulunäytelmä

Lilli oli äitinsä kanssa Ellin luona kylässä. Myös Ellin kaveri Ilona oli tullut Ellin luokse leikkimään.

"Mitä tehdään?" kysyi Lilli.

"Tehtäisiinkö oma joulunäytelmä?" ehdotti Ilona.

"Joo", Elli ja Lilli sanoivat innostuneesti.

"Kuka sitten mikäkin haluaa olla?" Ilona pohti.

"Minä haluan olla piparkakku", sanoi Lilli.

"Minulla on kotona piparkakkupehmo ja se on lempileluni tällä hetkellä."

"Minä olen sitten joulumuori, joka leipoo

sen piparkakun", Elli sanoi.

"Minä olen tonttu, joka sen syö", sanoi Ilona ja kohotti kätensä ja avasi uhkaavasti suunsa.

"Ei, ei minua syödä", valitti Lilli-piparkakku.

Tytöt alkoivat pohtia, miten näytelmä etenisi. He harjoittelivat ja nauroivat, keksivät vuorosanoja ja muuttivat niitä. Sitten he etsivät Ellin komerosta sopivia esiintymisvaatteita.

"Lilli, voit ottaa minun ruskean paitani. Se on varmaan melkein kuin mekko sinulle", Elli sanoi etsiessään paidan komeronsa syvyyksistä. "Ja tässä on ruskeat sukkahousut. Ilona saa minun tonttumekkoni ja tuossa on tonttulakki."

"Sidotaan vyön avulla ympärillesi pari tyynyä, niin näytät puskalta joulumuorilta", Ilona keksi.

"Ja lainataan äidin punaista villapaitaa", Elli sanoi.

Tytöt pukeutuivat asuihinsa ja kutsuivat äidit paikalle katsojiksi. Heille oli varattu tuolit ikkunan eteen. Ilona opasti heitä.

"Tervetuloa katsomaan näytelmää nimeltä *Piparkakku heräsi eloon*", Ilona kuulutti.

Äidit taputtivat.

Joulumuori astui esiin työntäen lelukärryissä piparitaikinaa. Lilli oli käpristynyt mykkyräksi kärryihin.

"On se tämä joulunaika mukavaa, kun saa taas kerran leipoa suussa sulavia pipareita", Elli sanoi, kohotti Lillin pois kärryistä ja levitti hänet pitkin pituuttaan lattialle. Sitten hän otti kaulimen ja alkoi kaulita piparitaikinaa.

Tonttu kiiruhti paikalle:

"Leivotko sinä pipareita? Saanko maistaa taikinaa?"

"Maista vaan", sanoi joulumuori.

Tonttu sipaisi taikinaa ja silloin kuului:

"Ai!"

"Mitä sinä sanoit?" kysyi joulumuori.

"En mitään. Minähän maistan taikinaa. Ihanaa taikinaa, nam, nam", tonttu vastasi.

"Ei sitä saa liikaa syödä. Nyt tehdään pipareita", joulumuori toppuutteli ja lopetti kaulitsemisen.

Joulumuori asetteli taikinaa ja muovaili sitä ja ihasteli lopputulosta.

"No tästähän tuli kaikkien aikojen suurin pipariukko. Sitten vaan uuniin paistumaan."

Silloin pipariukko kirkaisi:

"EI!"

Pipariukko nousi pystyyn joulumuorin ja tontun katsellessa hämmästyneinä.

"Taidan tästä lähteä omille teilleni", Lillipipariukko sanoi ja vilkutti, mumisi vielä mennessään: "Minua ei kyllä syödä."

Tonttu ja joulumuori katsoivat toisiinsa ja

pyörtyä kupsahtivat.

Lilli tuli takaisin, Elli ja Ilona nousivat lattialta ja tytöt kumarsivat. Esitys oli päättynyt.

Äidit taputtivat ja nauroivat. Tytöt niiailivat ja kumartelivat useamman kerran.

Joulukuusi

"Isä tuo kuusen! Isä tuo kuusen!" Elli huusi ja pomppi ylös ja alas keittiön ikkunan ääressä.

"Avatkaa takapihan ovi! Tuon kuusen sisälle takapihan kautta", isä huikkasi ulko-ovelta.

Elli juoksi avaamaan takapihan ovea.

"Isä, se on ihana kuusi", Elli sanoi.

"Odota hieman, kohta saadaan tämä sisälle", isä sanoi.

Elli katseli ikkunasta, kuinka isä sahasi

kuusen vähän lyhyemmäksi ja kiinnitti sen kuusenjalkaan. Sitten isä toi sen sisälle.

"Oi, miten ihanalta se tuoksuukaan", Elli sanoi.

"Koristellaan se illalla", äiti tuli sanomaan.

Illalla kaikki kuusen koristeet otettiin esiin. Elli ripusti ensimmäisenä värikkään nauhan, jonka hän oli tehnyt kartonkisuikaleista liimaamalla ne toisiinsa ketjuksi. Isä kiinnitti latvaan tähden ja äiti pujotteli kynttilöitä.

Elli ripusti itse tekemiään koristeita: sydämen, tähden ja ristikkokoristeen. Sitten hän ripusti joulupalloja ja yhden vaaleansinisen köynnöksen.

Äiti sytytti kuuseen valot. Miten ihanasti se sädehtikään!

"Piparit unohtuivat!" äiti voihkaisi ja haki pakastimesta piparit, joihin oli tehty reikä.

Elli ripusti piparit kuuseen sitä mukaa kuin äiti sai niihin ripustuslangan pujotetuksi.

"Saanhan syödä näitä jouluna?" Elli pyysi.

"Vasta tapaninpäivästä alkaen. Onhan meillä muitakin pipareita."

"Mutta kuusen piparit ovat parhaita", Elli tiesi.

Joululahjat

Siinä Elli nyt oli ihanien eriväristen ja erimuotoisten lahjapakettien ympäröimänä. Oli aaton jännittävin hetki. Elli halusi venyttää jokaista minuuttia.

Elli mietti, missä järjestyksessä avaisi lahjansa. Ensin hän kokeili suuruusjärjestystä, mutta hän huomasi, ettei halunnutkaan avata lahjoja niin.

Sitten hän asetti lahjat järjestykseen kiinnostavuuden perusteella niin, että kiinnostavimman hän avaisi viimeiseksi.

Suora litteä paketti pääsi ensimmäiseksi avattavaksi. Elli veti narun syrjään rauhallisesti ja sitten hän irrotti paperin. Kirjahan siellä oli, kuten hän oli arvannutkin, mutta se ei ollutkaan mikä tahansa kirja. Elli saisi kirjoittaa ja piirtää siihen elämästään. Siinä oli kysymyksiä, joihin hän saisi vastata, ja sivuja ystäviä varten.

Seuraavaksi Elli otti käsiinsä aika ison pehmeän paketin. Olisiko siinä jokin vaate? Elli avasi paperin ja sai käsiinsä iki-ihanan pehmokissan. Elli silitteli sitä ja mietti sille nimeä.

"Olkoon Kisumiukku", hän lopulta totesi.

Elli valitsi seuraavaksi litteähkön laatikko-lahjan. Siitä ei tarvinnut nauhoja repiä, sillä siinä oli vain ruusuke. Elli hivuutti paperia hitaasti pois lahjan päältä. Sisällä oli jotain pinkkiä. Ihana nukke! Nukkella oli siivetkin. Kun äiti oli saanut vapautettua nuken pakkausmateriaalista, Elli käänteli sitä käsissään.

"Onneksi siivet saa myös irti", Elli tuumi. Ei hän kuitenkaan aina haluaisi leikkiä siipien kanssa.

Seuraavasta paketista löytyi joukko pieniä nukkeja, joilla oli eriväriset mekot ja hiukset. Elli käänteli niitä tarkkaavaisena käsissään.

Viimeiseksi lahjaksi Elli oli jättänyt toisen pehmeistä paketeista. Se olikin todella pehmeä. Elli avasi sen repimällä ja pian hän jo pujotteli ylleen pinkkiä villatakkia.

"Tämä on mummon tekemä, ihan varmasti on", Elli sanoi. Tyytyväisenä hän katseli itseään peilistä. Nyt hän ei palelisi pakkasillakaan.

"Hei Elli. Sinulle on täällä vielä yksi pieni lahja", äiti sanoi ja ojensi pienen paketin.

"Niin se. Se katosi minulta ja unohdin jo sen", Elli sanoi.

Elli avasi nopeasti vihoviimeisen lahjansa. Siitä paljastui kaunis helminauha. Lilli tuli hänen mieleensä, kun hän asetti korun kaulaansa.

Sen täydellisempiä lahjoja ei hän sinä jouluna olisi voinut saadakaan.

Jouluyö

Oli jouluyö. Elli oli nukahtanut uusi pehmokissa kainalossaan ja nukkui tasaisesti, kunnes jokin havahdutti hänet. Kuuliko hän tiu'un äänen vai välähtikö auton valo hänen huoneeseensa?

Elli hiipi yöpaitasillaan alakertaan. Joulukuuseen oli jätetty valot palamaan. Kynttilöiden valo loisti pehmeästi. Elli istahti lattialle ja katseli kuusta ja sen koristeita jonkin aikaa.

Sitten hän kurkisti verhojen raosta ja katseli yötaivasta. Joitakin tähtiä näkyi. Lumi teki maiseman jouluiseksi.

Sitten Elli meni takaisin yläkertaan ja omaan sänkyynsä. Hän sulki silmänsä ja vaipui pian uneen. Unessa hän näki kauniita enkeleitä, tonttuja, joulukuusia, lunta ja paljon lapsia sekä suuria jännittäviä lahja-paketteja...